우리의 대화는 이런 것입니다
박시하 시집

문학동네시인선 080 박시하

우리의 대화는 이런 것입니다

시인의 말

시간 너머의 영원에게
영원의 살갗에게
그러나
그러므로 다시 여기의 시간에게
시간에 스민 슬픔에게
아빠에게

이 시집을 드린다.

2015년 겨울
박시하

차례

2부 사랑과 죽음의 팡세

3부 불안의 숲

1부

일요일

일요일

차가운 유리병 속에서
내 취미는 영원히 무릎을 꿇는 것

슬퍼지기 위해서 이별하는 연인들처럼
증거도 없이 믿었다

"너는 슬픈 시를 쓰는구나.
슬픔이 시가 되었으니 안 슬퍼야 할 텐데.
시가 된 슬픔은 어느 다른 나라로
잠시 여행을 간 거야.
어느 날 건강히 다시 돌아올 거란다."

답장을 보내는 대신
점점 얕아지는 강물 위에서
푸른 배의 꿈을 꾸었다

슬픔을 믿을 수는 있었지만
어떤 기도가 입술을 만드는지 알 수 없었다

먼 강변에 있는 사람에게 입술을 떼어 보냈다
입술이 얼마 남지도 않았는데
유리병은 너무 뜨거웠다

익숙하고 붉은 지옥의 형상
이 슬픈 구덩이, 내 죽음의 역작

천국에는 정들어 떠날 수 없는 모르는 말들이 잔뜩 있었다

꿈

—J에게

우리는 예배당으로 수레국화를 가져갔다 보랏빛 꽃을 흐르는 물에 하나하나 잘 씻어야 했다 예배당은 넓어서 끝없이 많은 수레국화가 필요했다 그게 다 어디서 났을까 그건 아마도 끝없이 흐르는 눈물에 대한 수수께끼, 우리는 누군가의 영혼에서 수레국화를 꺾어왔으니 예배당은 보랏빛으로 덮여갔다 우린 말을 나누지는 않았다 말보다 오래가는 것들을 숨죽여 기다리며 예배당에 수레국화를 내려놓을 뿐이었다 꽃의 시신들이 예배당 가득히 놓인 그때부터 시간은 끝을 향해 가지 않았다 갑자기 예배당에서 육중한 찬송가가 울려퍼졌다 우리는 일제히 울음을 터뜨렸으나 이미 놓인 수레국화들을 어찌할 수 없었다 그 얼굴들이 너였기 때문에 나는 눈을 감으려 했다 감기지 않는 눈을 손으로 가리려 했다 누군가 내 손을 가져다 흐르는 물에 씻고 있었다 흰 예배당 벽이 헐렸다 우리의 꺾인 발목 앞으로 푸른 강물이 다가와 넘실거렸다 죽음이라는 강폭을 가진 강물, 어디론가 어디론가 끝없이 흘러갔다 멀리서 석양이 지고 금빛 햇살이 잠깐 우리의 보랏빛 고운 얼굴을 어루만졌다 우리는 느린 숨을 쉬며 아름다움 쪽으로 시들어갔다

마리골드

새콤달콤한 냄새 속에
부푼 저녁달이
흰 밤으로 들어간다
세상의 악몽들을 모아서
마리골드
마리골드
그림자들이 외친다

우린 단지 죽지 않으려고
사랑했던 거란다

묘비들

깊고 둥근 침묵 아래
영혼만으로 울 수 있던 한때였다

종종 다른 영혼과 어깨동무를 했다
별이 그늘을 비추는 것처럼
우린 당연하고 미약했다
벤치에 앉아 잠들거나
나비를 따라 날고
꽃의 심장에 들락거렸다

죽어서도 살았지만
서로를 기억하지는 않았다
묘지의 길은 묘지의 길로만 났으므로
삶의 악취를 표백하며
죽은 자의 이름으로
산 자의 이름을 대신 썼다

엔딩 없는 흑백영화를 관람하는
다정한 우리가 늘어선
탈색된 사진을 한 장씩 받았다

느린 비와 함께
전주곡 같은 햇살이 쏟아지는 한때였다

불가능한 새

가능한 창턱에 앉아
불가능한 창밖을 본다
창턱과 창밖 사이
가능과 불가능의 사이에
언덕이 있고
바람이 피어나고
흰 꽃이 아연하게 흔들리다가
새가 한 마리 흘러나온다
새장이 없다면
몸을 새장으로 바꿔야 한다
본 적 없는 깃털
들은 적 없는 노랫소리
그 형형색색을
가둬놓기 위해서라면
저 불가능한 새가 날 수 있을까?
거짓을 말할 수 없는
거짓말처럼
죽은 새에게서
갓 태어난 침묵처럼
열린 문 너머에 열쇠가 걸려 있다
오렌지색 구름이 빛나는
꿈 너머를 꿈꾸는
마지막 꿈

시인의 불확실성

창문이 없다

화구가 있다
노란 과일에서
기다림이 배어나온다
오랫동안

있는 걸까 없는 걸까

말의 저녁
너머로 언덕을
언덕이 저녁을
넘어서면 사원이

철길을 지나서 바다가
푸르러서 검어진

당신을 한번 만지고
불안을 한입 먹는다

사라지는 그림
저녁에게 없어지는

모르는 이름
말할 수
없을 수
있거나 없다

Close

막이 닫혔다.

나쁜 건 K였을까요?
K가 더 나빴지요.
달의 음악처럼 은은하고 긴 토론이 이어졌다.

식상한 희망이 없어서 참 좋았어요.
신선한 절망을 원했던 거군요.

막이 닫히자 비로소 막이 열렸다.

녹색 커튼 뒤로 비바람 부는 거리가 펼쳐졌다.
이윽고 그가 녹차 한 모금을 삼켰다.
닫히자 열리는 것이 있군요.
이 공연은 열리자 닫히는 중이었어요.

열린 틈으로 들어가보셨습니까?
비죽이 상향등을 켜고 그가 물었다.
우린 눈을 반쯤만 뜨고,
너무 밝아서 보이지 않아요.

이윽고 조명이 꺼지고 무대는 비어갔다.
어둠 뒤에서 어두워지는 사람들.

녹조 낀 호수 위로 토론은 격앙되었다.
하이 톤의 음조 하나가 물살을 튀겼다.

이번 극에서는 누구도 악역은 아니었어요.
결국 모두가 조연이 되었죠.

그렇다면, 푸른 별에는 어떤 영혼이 들어 있을까요?

음악처럼 아름다운 공허가 이어졌다.
우린 부서질 것을 알면서도*.
빈 무대를 바라보며 그녀는 읊조렸다.

어둠은 빛을 발굴했다.

* 밴드 못(MOT), 〈날개〉에서.

콜 니드라이의 안경

나는 작은 걸음을 걸어서
컵 위에, 냉장고 위에 안경을 놓는다
그럴 때 안경의 여행은 길다
콜 니드라이 나무 위에도
나는 안경을 놓는다

나의 죽은,
죽어서 살아 있던 나무
안경은 보지 않고 보인다
까만 아기 양처럼
온순하게 자리에 놓여 있다

누군가 내게 안경을 쓰라고 하지만
그건 안경을 보라는 말일까?
나무는 안경을 쓰고 무엇을 볼까?
아무것도 보이지 않는다
나는 안경에 비친 눈물을 본다

죽은 나무의 눈빛이
내게 들어와
그와 눈을 맞추고
살결에 입을 맞춘다
나무의 여행은 오래되었고

그 숨결은 거칠다
누군가 그를 통해 나를 본다면
울고 있구나
햇빛이 너를 통과해서
웃고 있구나

죽은 나무에게 숨을 얹는다
그가 나보다 더 먼 여행을 할 것이기에
언젠가 그의 날에
그는 내게 걸어와 안경을 건네겠지
우주처럼
빛나는 안경을

살아 있는 그림자를 나는 볼 것이다
그 사랑을
사라지는 빛은 노란색이고
그림자는 검고 검다

참새

그림자는 다른 거리를 갖고 있다
밤을 겹치는 밤

처음으로 불렀던 내 노래는
당신이 지휘했다

아침이라는 환상 속
반복이라는 아득한 말

사랑의 개체 수가 점점 늘어나서 사랑을 죽인다

울음을 다한 별이
울음을 다할 별을 찾는다

푸른 배경에서 흰 구름이
푸드득거리며 나를 투과한다

파도

검은 창이 달린 방

들리지 않는 음악과
보이지 않는 음식을
서로에게 건넨다

적막이 있다
짧은 잠이 있다
속력이 없다
슬픔은 불안의 반대말이라고 속삭인다

세계의 흰머리
얼굴의 신비한 약점*
알 수 없는 나라에서
더 알 수 없는 나라로

목소리가 없다
슬플수록 기쁘다
모든 곳에
목소리가 있다

* 압델라티프 케시시, 〈아델의 삶〉, 2013.

눈물

푸른 칼에 그린 말

손 위에 손을 겹쳐요
그림자는 커튼처럼 드리워요

모두가 잠든 방안에서
뿌리처럼 깊어지며

말로는 말할 수 없는
대화를 나눴어요

카사 로사*

사물은 언젠가 자기를 다 비운다.
빈 로션 통을 흔든다.
써버린 것들은 어디로 갔을까.

나는 나를 반쯤 비웠다.
지나간 나는
장밋빛 꿈을 얼굴에 바른다.

잊은 거리를 걷고 있지.
뒤도 안 돌아보고 뒤로 가고 있지.

누군가 살던 집에 비우지 못한 말들이 산다.

숲은 어떻게 자기를 비우면서 채워지나요.
묻지 말아야 할 것을 물으며
나무의 끝을 올려다본다.

더는 할말이 없는 로션 통이 가득 비어 있다.

* Cassa Rossa, 헤르만 헤세가 살던 집.

수직

지난밤 헤맨 길에
짙은 냄새와 흐린 울음이 있었지
기억해?
한 줄의 푸르고 비틀거리는
물컹한 꿈을
최초로 수평선을 그리던
파란 색연필의 욕망을
나를 갖고 싶어서
우린 울었어
부풀고 늙은 바람
눈물 마른 바닷가
이제는 지울 수 없는 자취들을 따라서
파란 알몸인 채로 걸었어
아무것도 그립지 않아서
나는 미역처럼 웃고
너는 녹슨 바다를 바라봤어
기억해?
죽지 않아서
거꾸로 잠이 들었지

푸른 얼굴

꿈에서 본 얼굴에는
강물이 가득하다

그 얼굴을 향해 갈까?

강물은 누워서
하늘을 올려다본다
땅을 내려다본다

슬픈 얼굴에
노래가 가득하다

푸른 그늘 아래 누워 있다

슬픈 무기

그것은 몹시 슬픈 모양을 하고 있다.
당신은 그걸 무기로 이용하려고 하지 않는다.
물론 내가 쓸 수 있는 것도 아니다.

그건 내 가난한 이름에도 아무런 보탬이 되지 않는다.
그러나 분명히 어떤 종류의 무기이기는 하다.
머리에 꽂거나 발에 신는 물건은 아니라는 말이다.

누군가 그걸 목격한다면
아마도 눈물을 흘릴지 모른다.

어제 가게에 다녀간 남자는 안쓰러운 표정으로 말했다.
"저런 걸로 삶과 싸워야 하다니……
너무 슬픈 일입니다."

가끔은 지기 위해 싸우는 싸움도 있다.

그것에 가격을 매길 수는 없다.
하지만 그것은 진열대에서 빛난다.
팔 수 없는 상품,
싸울 수 없는 무기.

차마 말로는 할 수 없는 그 모습은

사람이 행복할 때 짓는 웃음과
그 웃음이 누군가의 뇌리에 각인되는 순간처럼
반짝 빛이 난다.

당신은 오늘도 오지 않겠지만.

슬픈 모양의 내 무기를 그곳에 두고
나는 가게를 지킨다.
손님들이 찾아오면 나는 그들의 무기를 하나씩
잘 포장해서 내준다.

모든 싸움은, 그렇게 이어지는 것이다.

여관

윗몸 일으키기
죽은 연인들의 대화

골목 냄새 속
고양이 웃음소리 속

한낮의 모자 속
한밤의 시침 속

모든 구름을 모르고 모든 구름을 알아요

벌어진 곳으로
이별 맛이 고여요

눈이 와
햇볕이 쏟아져요

비가 와
길과 집이 쏟아져요

우는 연인들

앞면의 전쟁

전쟁의 뒷면

매일의 숨소리

흐리고 가끔 비

잊지 않으면 잊을 수 있을 거야

그 누구의 꿈도
그 누구의 꿈일 뿐이야

낡아가는 상점들
검은 거리
넘어지는 자전거들
밤이 되는 낮

오늘은 흐리고 가끔 비
내일도 흐리고 가끔 비

박물관에서 들려오는
오랜 숨소리

2부

사랑과 죽음의 팡세

새

슬픈 구멍들

흰 절벽
빛나지 않는 별
새벽 배
죽음의 혀

날지 못하는 말이
검은 물속에 떠 있다

이뤄지지 않는 악몽처럼
가라앉은 배의 썩은 기둥처럼
우리는 조금씩 물질이 되어

한쪽 날개가 녹는다

그림자

검은 길 흰 눈
시작되는 나라

먼 안부
기차의 입김
얼음 레일 위
맨발로 서서

기차가 멈추지 않아
소식을 전할 거야
어두운 책 속에서

반 발짝의 무덤
네가 가린 너
못갖춘마디
슬픔이 그린 그림

기차가 달리지 않아
사라지는 나라

히로시마, 내 사랑

여긴 히로시마가 아니고
나는 그녀가 아닌데
내 사랑은 당신이 맞습니다.

전쟁인 삶
부서지는 살과 뼈들이
우리의 사랑입니다.
당신은 나의 호랑이
나는 당신이 먹기 좋은 사슴의 심장

가장 빛나는
별을 가끔 바라봅니다.
어디선가 굉음이 날아가고 있고
접힌 길에서 빗물이 흐르고

여긴 히로시마도 아닌데
폐허가 되어
삶이 어떻게 죽음과 같이 노래하는지
또다른 새 악몽처럼
우린 검은 골목에 선 몽유병자로
떨리는 별을 바라봅니다.

우리의 대화는 이런 것입니다.

"이제 무엇이 남았나요?"
"무엇이 남아 있을 거야, 아마도."
바람이 불어
누운 죽음들을 일으킬 때
빛나며 떨리며
밤하늘을 나는 폭격의 나선이

한 걸음 더 당신에게로
내 사랑, 눈도 코도 입도 없는 당신의
빈 얼굴에게로

수상가옥(水上家屋)
—물의 꿈

집은 물위에 있다
처음부터 물위에 지어졌는지
어떤 물가로 걸어들어갔는지

높고 넓다
군데군데
하늘이 기울었다
그림 같은 바다 냄새

아무도 없다
누구 그림이지?

슬픔은 파도 한번 치지 못하고

그림자를 업은 갈매기들이
높게 부르짖는다

얼굴 없는 아이들이 모래놀이를 한다

우리는 죽었어요
어떤 현상도 되지 않아요

네 솜씨구나

슬픔을 부를 입이 없구나

모래 무덤에
꽃 대신
지워질 약속들을 내려놓는다

벽마다 별이 뜬다
희고 푸르다

날씨

동산에서 휘파람
소리가 난다

입으로 후후
바람 부는 소리
입으로 구름이 되다가
비가 되다가
기어이 날씨가 되는 소리

후후 불다가
기어이 열이 났지
온 힘을 다해 웃었지

눈물을 다시 몸속으로 집어넣으면
뜨거워, 시원해?

푸른 동산 뒤에다
사이좋게 오줌을 눈다
쉬잇
두 줄기의 뜨거운 삶이랄까
두 줄의 문장이랄까

늙어버린 꽃잎 하나가

우리의 뜨겁고 축축한 사이로
툭
떨어져
이렇게도 느릿하게

온 힘을 다하는

휘파람 소리
휘휘

하루

푸른 꽃잎들이
사방에서 돋아난다

난 달력이 될 수 없는데

먼지와 뼈들의 시간이
어떻게 꽃다발이 되는 걸까

가슴에 들어온 손이
심장을 꼭 쥐고 있다

나쁜 신처럼

핑크 플로이드

죽은 시간을 건너가서
그 시*를 만나고 싶어
보라색이거나
보라에 가까운 핑크
먼 우주의 음악
먼 우주에서 들려오곤 하는
진실의 푸른 벽지
씻은 얼굴이 들어 있는 거울
버려진 실핀
잊었기 때문에 가깝고
가깝다고 느낄 때 멀어지네
죽은 시간은
소멸되어버린 우주에서
여전히 생겨나는 음악
모든 음악은
온 힘을 다해서 멀어지는 순간에
우리가 겹쳐지는 모서리야
저절로 눈이 감긴다

* Pink Floyd, 〈Comfortably Numb〉.

사랑과 죽음의 팡세

할머니였던 육신이
희끄무레한 재가 되어
나무 상자에 담기는 모습을 보았다.
잿가루는 뿌옇게 날리며 마지막을 장식했다.

얼마 후에 나는 그녀를 보았다.
그녀는 말이 없었고
눈빛은 차분했다.
무슨 할말이 있는 것도 같았지만
그림자처럼 하얗게 놓인 길 앞에서
그저 나를 바라보며.

나는 이번 생이 나에게는 무리라고
모국어는 금지되었다고
사랑은 모두 기다림의 먼 길을 떠나는 것이었다고
그녀와 차를 마시며 앉아
긴 이야기를 하고 싶었는데.

죽음과 사랑에는
형태적인 연관성이 있다.
그건 누구나 알지만 아무도 모르는
죽음 이후에야 오는 사랑에 관한 편지
사람의 마음속에 담기는 울음소리

기억하는 한 가장 오래된
거친 목소리들.

손에 잡히지 않는 형태로 굳어진
석고상의 창백한 그림자를 그리고 싶다.
형태들에는 일관성이 없다.
그것이 당신 입술의 뚜렷한 윤곽이라 할지라도.

고결한 영혼은 사랑 앞에서 당황한다.
우리는 죽음을 모르니까.
불가사의하게도
그리고 단순하게도

이것이 사랑의 모든 것이다.
할머니, 당신
나의 죽은 모국어.

검은 길

백년 묵은 기차를 타고
그녀들은 도시에 도착합니다.

아무 말도 남지 않았고
얼굴이 지워졌으니
등잔불을 켜주십시오.

남은 기름이 없습니다.
검은 구두를 신고
손톱 끝이 갈라진 수많은 그녀들에게는.

역방향 기차는 미지(未知)로 갑니다.
그녀들의 분명한 그림자를 향해.

캄캄한 방으로 들어가서
서로의 등을 쓸어주고 긴 한숨을 쉽니다.
서로에게 키스합니다.
빛나는 철로를 가슴에 바릅니다.

더 검게 됩니다.
그녀들은 뒤로 가고 있으니까요.
기차는 죽음을 지나칩니다.
검고 긴 길을 따라.

청소하는 사람

별의 잔해를 치운다
창을 열고 노래를 부른다
허공에 던진 말
튕겨나온 밤의 소네트
너와 나의 빛
일곱 겹의 우리들 사이
영영 다른 바람의 방향으로
유리창에 어린 무지개를 닦는다

더러워진 아침이 올 때까지

구체적으로 살고 싶어

젓가락, 접시, 소시지, 오렌지주스, 달걀……

그런 것들이 될 거야
사물이 된다면
달그락거림을 피할 수는 없겠지만

사랑은 언제나 숨겨지고
수평선은 어둠을 끌어올리지
어둠에서부터 파도가 밀려오는 거야

눈물이 나는 건
물새떼처럼 알 수 없고
구름처럼 멀리 있는 것들 때문이지

가라앉아서 숨을 쉬자
물고기가 된다면
수영을 피할 수는 없겠지만

언젠가 삶은 사라지게 될 거야
아무것도 슬프지 않을 거야

프라하

사라진 아침
따스한 침묵

아무도 머물지 않는 꿈
음률로 가득한 어둠
라흐마니노프와 바흐와 브람스를 위한

화폐로는 살 수 없는 섬
지워지지 않는
달빛
음악으로서

내 헤엄은 우아하고
소용이 없다
돌아오는 길은
여름 냄새가 난다

내 빈손은
두번째 달빛

너의 바다는
오십번째 우주

검은 돌

여기 적막이 있어
적막에 바다가 있고
바다에는 돌이 있어

세상의 모든 색깔을 품고서

돌을 내밀고 싶었어
뒤틀린 것들을
외면하며 둥근 돌 하나를

무력한 두 팔
뛰지 못하는 다리
끊임없이 갱신되는 얼굴이 있는

별과 소파와 식탁
푸른 지팡이와 노랑 은행잎들
파랑새도 한 마리쯤, 그리고

뿌연 목소리로 부르는
해변의 모래 같은 후렴구가 든
검은 돌 하나

음악이 사라지는 이유에

음악이 있고
돌이 결코 사라지지 않는 이유에도
돌들이 들어 있네

완성되는 기분이야
당신에게 주어지는
하나의 돌로서
검고 둥근 밤으로서
침묵의 형태로서

그 밤, 하늘은 새파랗고
하얀 구름이 몇 번의 전생을 거치면서
가볍게 떠가고 있었어

흰 숨 검은 맛

사랑을 나누고
두 손을 모아서 말했다

어둠의 속은 깊고 뜨거워서
푸른 별이 박혀 있어요
그러니 잘 지내요
사랑의 나날은
어둠을 향한 하염없는 여행이네요
격렬한 음악처럼
흰 빌딩에서 사람들이 떨어져요

어두운 이마가 빛을 밝혀요
밤의 숨에서
검은 맛이 나요

봄비

봄비에는 노랑이 들어 있다.
햇살에는 밤이 들어 있다.

따스한 꿀물
한 모금을 마신다.
어딘가 보드라운 우단에 싸인
검은 밤을 숨기고.

봄비는 차갑다.
꼭 닫힌 너의 입술처럼.

영원히 안녕

흔들리는 방파제에서
오랫동안 죽음을 미워했다
그의 얼굴에 갈매기들이 줄지어 앉아 있었다
유일한 목격자들로서

꿈이라고 꿈속에서 적어두었다
검푸른 쪽지를 보냈다
버려진 답장을 받고
녹색 잉크병을 바다에 던졌다

그가 발목을 끌어당겼다
이건 사랑이 아니라고 말해야 했지만

파도가 높아져 있었다

사람의 눈물은 흘릴 수가 없었다
검은 비가 내렸고
물새들이 하얗게 외쳤다

영원히 안녕

다시

밤
새벽
그림자의 빛

걸을 수 없는 바닥 위에서
한 걸음씩

할머니들이 낡은 리어카를 끌고 거리에 나선다
검은 안색을 희게 바르고 슬픔을 가둔다

눈물처럼 아침이 흘러나와
핏빛 해를 굴린다

있을 수 없는 그대에게서
깊고 둥근 무덤으로

3부

불안의 숲

시간

멀어지는 별을 그리워했다

안 들리는 노래를 기록했다
도달하지 않은 별의 점을 쳤다

미래의 눈물을
왼쪽 손목에 발랐다
멎은 심장 위에
흰 깃털을 그려넣었다

빙하들이 녹아내렸다
아무 대가도 없이

노래

죽은 새의 눈동자
무덤에 놓인 꽃
벌레 알
별의 말

어두워지는 것이 아니라면 무엇을 볼 것인가*

카메라를 들고 해변에 서서
해의 죽음을 찍을 때

부서진 파도
무의식의 선율
웅크린 조개껍데기의
영원한 그늘
기나긴 문장을 읽는다
젖은 날개로 부르는
타락한 손

눈물의 검은 아이들

* 이브 본느프와, 「마지막 몸짓」에서.

꿈
—현에게

지워진다는 것에 대해서는
말들이 많았지

이런저런 이유를 짐작하며
화를 내고 슬퍼하거나 심지어 눈물을 지었어
책임 여부를 따지기도 했지만
계급에 불과하다며
시큰둥해하는 경우도 있었고

나는 사라지기 직전에 꿈을 꾸었어
나란히 솟아
기슭에서부터 지워지고 있던
두 개의 초록색 산을 보았던 거야

훼손된 두 개의 봉분
매장된 두 개의 기억

새로운 눈물을 지어낼 수 있을지 내기를 하자
끊어질 듯 가녀린 산허리들을 산책하자
지워지면서 멀어지면서
우린 어둠처럼 흐뭇해질 거야

사라진 건 다시 오지 않을까?

다시 돌아오지 않는 건 아름다울까?

두 개의 폐허에 오르자
결코 돌아갈 수 없는 장소
여긴 누구의 마음이야
두 개의 산책
두 개의 죽음이야

아, 아름다운 폐허야
복숭앗빛 어둠을 빨며
사라진 입으로 너는 말하지

그래, 정말 새로운 눈물이야

나는 지워지는 손가락으로
두 개의 사라지는 동그라미를
천천히 그릴 거야

나는 두부

나는 당신의
흰 두부
백일홍 씨앗
잃어버린 녹색 연필
우울한 소매
꿈의 잿가루
무릎 속 제비
나비 노래
밤의 뼈
아무것도 비치지 않은 거울이다

당신은 나의
숨겨놓은 이름
스스로 풀리는 수갑
사라지는 음악
털실 타래
숨소리
웃어버린 슬픈 얼굴
유월의 비
냄새의 안쪽이다

기다리면 오지 않습니다
기다려도 오지 않습니다

파멜리카 고양이가 우는 밤

파멜리카 고양이가 우는 밤이다.

파멜리카 고양이는 어제만 해도 울지 않았다. 어제는 파
멜리카 고양이의 울음소리 대신 엘의 허밍 소리가 들려왔었
다. 종종 그 음성을 듣곤 했다. 낮고, 낮고, 또 낮은 음성. 그
소리가 듣기 좋았다. 거의 견딜 수 없을 정도였다. 아버지에
대한 사랑이 느껴졌다. 아버지, 나를 때리지 마세요. 복종은
아름답고 두려웠다.

그 방에는 작은 창이 달려 있었다. 작은 창 너머로 다른 작
은 창이 보였다. 창 너머의 창속에 또다른 방이 있었다. 그
방에는 침대 하나, 벽장 하나, 거울이 하나, 붉은 스툴이 두
개 있었다. 붉고 둥근 의자에 앉아 울고 있는 내가 있었다.
나의 붉은 눈물을 한 모금씩 삼키는 엘이 있었다. 엘은 낮은
음성으로 허밍을 했다. 낮고, 낮고, 또 낮은 허밍이 작은 창
으로 흘러나가 또다른 작은 창으로 흘러들어갔다. 어떤 파
멜리카 고양이들의·끝없는 반영처럼.

푸른 침대에는 호수가 들어찼다. 우리가 아는 모든 밤이
호수 안에 담겨 있었다.

낮은 세상에서 사라진 지 오래되었다.

자화상

편지 쓰기
푸른 얼룩
어제는 없고
내일은 사라지는
사자, 고슴도치, 바람, 구름
콧구멍 속 공기
사막의 모래알
꼬리뼈에 돋은 깃털
썩은 흙더미

창 너머의 다른 창
창살 사이로 흘러나온 노래
손에 손을 맞대고
마른 강바닥에 드리운 낚싯대
입술을 꼭 다물고
종탑에서 부는 붉은 휘파람
다리가 부러진 새처럼
넘어지고
넘어지면서

걷고 걷는다
방울방울 다른 얼굴로

장미

잃어버린 우산을 닮았군요

번지 점프를 하다 죽고 싶어요
운명을 향해서
계단을 올라야 한다면

낮잠에서 깨어난 소년이 잘못된 사랑에 빠져요

골목은 끝나지 않아요
비가 내리고

장미들은 하얗게 지쳐가요

목성

집 앞에는 무덤이 있습니다

무덤 곁에는 숲이 있고
그 안에서 검은 개가 뛰어놉니다
나는 무덤과 나무와 새 들을 바라보며
언제나처럼 당신에게 줄 말을 고릅니다

할말은 많이 있고
할 수 있는 말은 많지 않아요

다만 밤하늘의 별들이
내 안에 켜지는 순간에는
빛이 하얗습니다
당신의 이름을 부를 때마다
백만 년의 망설임을
가니메데의 바다에 숨기기 때문입니다

별은 말없이 몸을 바꾸고
이름을 새깁니다
사자와 백조와 천칭 사이를 흐르는 강
이름들은 고요합니다
침묵보다 더 깊어요

언젠가 우리가 멈춘다면

돌아오는 별빛을 열 손가락에 걸고
기뻐하며 춤을 출 거예요

무덤 곁으로 붉은 옷을 입은 여자가 지나갑니다
먼 바다에서 무언가 출렁입니다
검은 개가 짖습니다
무덤이 목성에 닿습니다

그것이 아름다워서 울지만
영원은 없으리라고

다행히도 나는 믿고 있습니다

어제

과거를 잊는 술을 마셨다
사랑한 여자의 남자를 잊었다
그 사막에서는
일기들이 영영 사라졌다
잠드는 얼굴마다
잠들지 못하는 얼굴이 솟았다
백 개의 눈동자에
백 번의 표정이 어렸다
언제 잠들래?
남자의 남자가 물었고
잠들지 않을래
여자의 여자가 대답했다
여자의 남자가 노래했고
남자의 여자는 울었다
모든 표정들은 서로 형제
눈을 감지 않았다
피를 나눴으니까
영혼에서 흐른 피에 취했으니까
낡은 일기에서
매일매일 잊히는
잠의 사막에서
바보의 눈물처럼 벌어지는
시간의 틈을 향해

분홍빛으로 밝게 웃었다

보드카 레인

한 번의 아침마다
한 번의 죽음을 주세요

그토록 많은 비가 내린 후에
새로운 비가 내립니다

나무에게
눈의 시신에게
실패한 사랑에게
아름다운 이름을 주세요

아침에 내리는 비는
미래의 사랑
미지의 슬픔입니다

당신의 이마는
내 죽음의 이름입니다

불안의 숲

슬픔을 가져와 바른다
붉은 안대로 눈을 가리고
검은 돌멩이를 입에 넣는다

푸른색 옷을 입힌다
손목을 잘라낸다
저녁이면 커튼을 내리고
꿈속에 불타는 물을 쏟아붓는다

당신은 누구세요?
당신은 어디에 있나요?
사랑하는 사람들이 멀리서 나를 바라본다

눈으로 볼 수 없고
팔로 껴안을 수 없는
분명한 것이 있다
거대하고 끊임없는 비명*이 있다

숲보다 더 커다란 것이 숲속에 있다

파도치는 그림자를
만질 수 없다

* 에드바르 뭉크, 〈절규〉.

빵 에티튜드

바스락거리는 봉지 안에 크림빵이 세개 들어 있다

빵은 밤과는 어울리지 않는다
사랑이 오던 순간처럼
빵은 영원하다
그 하얀 몸에 투신해서
녹아 사라지려고

밤마다 울며
빵 봉지를 들고 서 있다

서울의 밤

검은 옷을 입고
키 작은 그녀가 다가왔다

슬픔도 없이 죽은 이름들이
하얗게 펑펑 내리던
수유역 지하철 입구에서

이천 원만 주세요
마을버스를 타야 해요
마을버스를 타면
집에 갈 수 있을까요?

이천 원을 든 그녀는 총총 사라지고
얼어붙은 도시에서
어둠의 바깥
차가운 땅에서 잠들 것이다

눈이 시려웠다
창백한 불빛 아래서
부르튼 입술
그 입술 위에 내린 밤을 보았을 때

밤의 공원에서

캄캄한 밤의 공원에서
유서를 썼다

기분이 좋았다
맹꽁이가 커다랗게 울고 있었다
두 남자가 배드민턴을 치고 있었다
셔틀콕이 어둠 속을

밤의 흰 새처럼
잊어버린 새의 이름처럼 날아갔다

아이들이 텅 빈 미끄럼틀을 타고 있었다
그들은 내가 편지를 보낸
나 없는 세계에서 왔다
나는 유서를 밤의 공원에
벤치 아래의 어둠 속에 묻었다

두런두런 말소리가 들렸다
내가 어딘가로 떠났고
이 세계로는 두 번 다시 돌아오지 않는다는 이야기였다

긴 한숨 소리가 번져나갔고
나는 유서를 어디 묻었는지 잊어버렸다

그 밤의 공원도 잊었다
나를 잊었다

새의 이름을 잊듯이

밤

내가 가장 슬펐을 때가
검고 탁하다고 해서
밤이 밤이 아닐 것을 바랄 수는 없었다

Other Voices

문고리를 잡고 서서
문 너머의 목소리를 듣는다
노란 뱀과 죽은 바다가
언덕 위에서
검은 나뭇잎으로 흩날리고
핏물이 범람한다
총탄들이 날아온다
열리지 않는 흰 문
길어지는 검은 드레스
타버린 입들이 노래를 부른다
아름다운 그 비명을
그녀는 번역한다

문은 지워지지 않을 것이다
문은 떠나지 않을 것이다

그녀도 목소리를 돌려주지 않을 것이다

마른 손

당신을 데리고
어디로 가야 할까요

당신에게 흰죽을 떠먹이는 동안
당신의 손은 별처럼 떨려요

하나의 별이
천천히 다른 시간으로 향하고 있어요

자꾸만 어딘가로
당신을 데리고 가야 할 것 같은데

당신이 오래오래 걸어서 다다른 곳에선
쏟아지는 비만 내리고 있어서

이제 쉬고 싶다고 말하지만
당신의 발음은 이미 빗소리예요

당신은 울음을 꼭꼭 씹어 먹어요
눈물처럼 묽은 죽을 찡그리며 삼켜요

눈을 감아요
다시 뜨지 말아요

그렇게 흰 영원 너머에는 무엇이 있나요?
아빠, 그것이 보여요?

나는 가만히
마른 별을 놓아요

여름의 주검

한 주검을 통해
여름으로 들어갔습니다

오리 울음소리만큼 분명하지만
다시는 볼 수 없고
기억할 수도 없는
유일한 여름이었습니다

단 한 번의 꿈으로
이상한 희망을 가진 것입니다
노란 뱀이 벗어놓은 허물 같은
반투명한 사실에 대한

그 여름에 세계는
저녁의 거울처럼 두렵고
훌륭한 죽음이 되어갔습니다

사라지면서도 사라지지 않는 것

이재원(문학평론가)

침묵과 슬픔

시는 말이 아니라 침묵으로 우리를 끌어당기기도 한다. 언어를 전제해야 하는 시가 언어 바깥에 위치하는 침묵으로 더욱 목소리를 내는 일은 무엇일까. 그것은 어떤 말의 경우 자신의 영역을 넘어선 것들까지 품을 수 있어서이다. 가령 어떤 시에서 말은 무엇보다 침묵의 흔적으로 존재하고 있어서, 그 말들과 만나는 동안 우리에게는 말보다도 침묵이 쌓인다. 박시하의 시가 그런 경우라고 할 수 있다. 이 시들은 늘 조용하고 낮은 목소리로 조금만을 말한다. 다 말하지 않으려는 듯, 자칫 지나칠 수도 있을 만큼 희미하게 흐르는 목소리로부터 우리는 우선 말과 말 사이의 여백으로서의 침묵을 감지해야 한다. 그리고 그 침묵은 쉽게 말해지지 않는 것들 혹은 말로는 전할 수 없는 것들을 안고 있다. 즉 여백으로서의 침묵을 통해 우리는 이 말들이 도저히 말할 수 없어 침묵해야 했던 시간, 그럼에도 무언가가 발화되기를 기다려야 했던 긴 시간이 남긴 것임을 알아채게 된다. 그러니 박시하의 시는 말을 초과하는 것들과 그것을 다 짊어질 수 없는 말의 무능함, 그 사이에서 그럼에도 말할 수밖에 없는 마음이 있어 존재하게 된 목소리와 같다는 말을 먼저 해둔다.

그러나 박시하의 시에서 만나게 되는 침묵의 흔적이란 이런 원리만으로는 다 설명될 수 없다는 점이 특별하다. 그 침묵에 휘감긴 말 속에서 우리는 온통 폐허인 삶을 발견해야 하고, 그러한 사실에 한없이 슬퍼지다가도, 결국에는 그 슬픔 속에서 "아름다움 쪽으로 시들어"(「꿈—J에게」)가는 시간을 겪기 때문이다. 즉 이 침묵 가까이에서 우리는 내내 슬픔에 젖어야 하지만, 우리 각자의 슬픔이 이곳의 슬픔에 젖어들 때에야 가능한, 슬픔이 제 절망의 자리로 더이상 고이지 않을 수 있는 시간이 박시하의 시에는 존재한다. 그러니 이곳의 슬픔에 대해 우선은 단단한 슬픔이라고 말해둘 수 있겠다. 그렇다면 이 슬픔은 어떻게 말해졌는가. 슬픔은 말해질 수 있는 것인가. 이 단단한 슬픔의 정체는 무엇인가.

창문이 없다

화구가 있다
노란 과일에서
기다림이 배어나온다
오랫동안

있는 걸까 없는 걸까

말의 저녁
너머로 언덕을
언덕이 저녁을
넘어서면 사원이

철길을 지나서 바다가
푸르러서 검어진

당신을 한 번 만지고
불안을 한 입 먹는다

사라지는 그림
저녁에게 없어지는

모르는 이름
말할 수
없을 수
있거나 없다

—「시인의 불확실성」 전문

　이 시 역시 말들로 이루어져 있지만 우리는 지금 말과 침
묵 어느 쪽에도 속하지 않는 이상한 목소리와 마주하고 있
다. 이는 이 시가 그리는 것이 "사라지는 그림"이고 부르는
것이 "모르는 이름"인 점과 연관이 있다. "사라지는 그림"
이란 있는 것도 없는 것도 아닌 무엇이며, "모르는 이름"이
란 아는 것도 모르는 것도 아닌 무엇이다. 그러니 여기에는
"말할 수/ 없을 수/ 있거나 없다"라는 거듭의 부정으로만

간신히 말해지는 모호한 목소리가 남을 뿐이다. 이 시에서 주체는 바로 앞에 "노란 과일"을 두고도 "있는 걸까 없는 걸까"라고 질문을 한다. '당신'을 만지는 일 역시 "말의 저녁"에서 출발해 무수한 것들을 넘고 넘어서야 겨우 이루어지며, "당신을 한번 만지"는 일은 "불안을 한입 먹는" 일이기도 하다. 즉 이 시는 사물과 존재를 향해 있지만 그것들은 이토록 희미하고 먼 자리에, 가까이에 있어도 알 수 없고 다가가더라도 멀어지고 마는 곳에 위치한다. 이는 박시하의 시에서 주체는 기본적으로 제가 감각하고 인식하는 것들을, 사물과 존재를 비롯한 세계 전반을 영원히 쥘 수 없고 모를 수밖에 없는 것으로 파악하고 있어서이다. 박시하의 시는 세계란 주체가 관여하거나 알아낼 수 없는 절대적 외부이며, 또 여기 머무르는 형식이 아니라 죽음과 소멸의 자리를 향해 떠나가는 형식으로 존재할 뿐임을 너무도 잘 아는 자의 목소리인 것이다.

그러니 박시하의 시가 침묵 가까이에서 말을 걸어오는 것은 우선 세계 속에서 자신이 더없이 불확실하고 무력하고 수동적일 뿐임을 자각한 자가 여기 있어서이다. 이 시들과 만나는 내내 우리가 어느 깊고 긴 슬픔에 대해 생각해야 했던 것 역시 이와 무관하지 않다. 이곳에서 슬픔은 대상의 상실보다는 오히려 무엇도 잃을 수 없는 데서 비롯한다. 상실이 소유 이후에야 가능해지는 상태라면, 이 시들은 세계의 그 무엇도 소유할 수 없음을 이미 알기 때문이다. 지금 눈앞에서 만지는 것이 있더라도 내가 그것을 영원히 이해하고 장악할 수 없으리라는 예감, 그렇게 언제까지나 서로를 빠져나가는 방식으로만 세계와 만나게 되리라는 예감이 이 슬픔을, 나아가 침묵을 최초로 지었을 것이다. 그러나 중요한 것은 이 시들이 그럼에도 말을 하고 있다는 사실이다. 지금 읽은 시가 그랬듯, 박시하의 시는 자신의 불확실성과 불가능성을 인지하면서도 결국 "사라지는 그림"과 "모르는 이름"에 대해 말해낸다. 말도 침묵도 아닌 것만 같은 이 모호한 목소리는 매 순간 자신에게서 휘발되어버리는 세계에서의 무력함, 그렇기에 말할 수 있는 것이 없다는 불가능의 사태뿐 아니라 그럼에도 말해야 한다는 견고한 의지까지를 포함하는 것이다. 이때 제 무력함과 불가능성 속에서도 말을 해내는 것은 고통과 직면하는 일이기에, 이 시들이 아직 말하려 애쓰는 까닭은 궁금할 수밖에 없다. 그러니 이쯤에서 박시하의 첫 시집에 실린 마지막 시가 "세계는 우리에 대한 사실이 아니야/ 어떤 확신일 뿐"(「아포리아」, 『눈사람의 사회』, 문예중앙, 2012)이라고 외치던 일을 떠올려보자. 그 외침이 박시하 시가 품고 있는 것은 슬픔뿐이 아니라 어떤 확신이기도 하다고, 그렇기에 이 시들은 목소리 내기를 단념할 수 없었을 것이라고, 더욱 확신하게 한다. 이제 그 확신에 다가가보려 한다.

잊지 않겠다는 슬픔

박시하의 시는 제가 감각하고 인식하는 것의 불확실성을 인지하는 속에서 발생하므로, 지금껏 보아온 것들이 더는 보이지 않으며 눈앞의 것들이 갑자기 흩어지고 사라져버리는 시간일 때가 많다. 그리고 그동안 우리에게 갖추어져 있던 온갖 이성과 언어의 굴레가 벗겨지는 순간, 우리는 세계와 처음으로 다시 만난다. 이제껏 여기 잠겨 있던 것들이 다시 떠오르기 시작한다. 박시하의 시에서 중요한 것은 그렇게 떠오르는 것들 사이에서 '나'가 '당신'을 기다리는 자로 존재한다는 점이다. 이곳에서 만날 수 없고 모를 수밖에 없어서 "모르는 이름"으로만 간신히 불리는 존재는 무엇보다 '당신'이다. 「나는 두부」는 '나'와 '당신' 각각을 정의하는 말들로 꾸려져 있는데, 그 말들이 밝혀내는 것 역시 '나'와 '당신'이 결코 포개어질 수 없는 사이라는 점이다. 가령 '나'는 "(당신의) 아무것도 비치지 않은 거울"이라고 할 때, 둘 사이에는 공유되는 것이 없다. 또한 '당신'은 "나의/ 숨겨놓은 이름"이며 "스스로 풀리는 수갑"이자 "사라지는 음악"일 때, '당신'은 언제나 '나'를 빠져나가는 절대적 외부에 위치한다. 그러나 이 정의를 다시 들여다보면, '나'에 대한 정의는 "나는 당신의"라는 말로, 또 '당신'에 대한 정의는 "당신은 나의"라는 말로 시작됨을 발견할 수 있다. '나'와 '당신'을 정의하는 말들은 서로를 빠져나가야 하는 숙명을 말하지만, 그 정의는 서로를 전제할 때만 가능한 것이니 역설적으로 '나'와 '당신'은 서로에게서 결코 분리될 수 없는 관계임이 밝혀진다. 이렇듯 박시하의 시에서 주체는 '당신'과의 관계 속에서만 성립되는 타자지향적인 존재일 때가 많다. '당신'은 '나'를 "알 수 없는 나라에서/ 더 알 수 없는 나라로" 무작정 떠밀려가게 하며, 그곳에서 '나'는 "슬플수록 기쁘"고, 적막 속에서도 "모든 곳에/ 목소리가 있"(「파도」)는 파도를 겪어야 한다. 그리고 '나'는 당신에게서 기인한 이 모든 파도 속에서 '당신'이 결코 "기다려도 오지 않"을 것임을 알면서도 당신을 향해 언제나 열려 있는 것이다. 이때 박시하의 시에서 주체가 기다리는 당신이란 단지 특정한 존재만으로 국한되는 것이 아니라, 주체 바깥에 위치하는 타자성 전반이라고도 설명할 수 있다. '나'의 주관과 이성에 의해, 또 '나'를 이루고 있었을 사회와 체제의 가치들로 꾸려지던 세계, 그 평온해만 보이던 표면이 걷히자 여기 다른 세계가 차오르는 것이다. 그것은 무엇보다 이름 모르는 비명과 슬픔이 지은 세계다.

> 눈으로 볼 수 없고
> 팔로 껴안을 수 없는
> 분명한 것이 있다
> 거대하고 끊임없는 비명[1]이 있다

숲보다 더 커다란 것이 숲속에 있다

파도치는 그림자를
만질 수 없다
                        —「불안의 숲」 부분

얼굴 없는 아이들이 모래놀이를 한다

우리는 죽었어요
어떤 현상도 되지 않아요

네 솜씨구나
슬픔을 부를 입이 없구나
                    —「수상가옥(水上家屋)—물의 꿈」 부분

　박시하의 시에서라면 좀처럼 겪기 어려운 '분명함'이 이
시들에는 있다. 「불안의 숲」에서는 "거대하고 끊임없는 비
명"이, 「수상가옥—물의 꿈」에서는 "얼굴 없는 아이들"과
"슬픔을 부를 입이 없"는 자의 슬픔이 선명하게 감각된다.
이 밖에도 이 시집 곳곳에는 "눈물의 검은 아이들"(「노래」),
"날지 못하는 말이/ 검은 물속에 떠 있"(「새」)는 모습, "슬

---

1) 에두바르드 뭉크, 〈절규〉

픈 얼굴에/ 노래가 가득"(「푸른 얼굴」)한 장면이 있다. 여기 우리를 분명하게 찾아오는 것은 울음과 슬픔인데, 그것들은 발화될 수 없고 형태를 갖출 수 없는 익명의 자리에 존재한다는 공통점을 지닌다. 즉 박시하의 시에서 분명하게 실감되는 것이란 이미 죽은 자의 것이기에 발화될 수 없는 비명과 슬픔이다. 이 시들은 이렇듯 익명적인 비명과 울음을 분명하게 감각함으로써 어떤 죽음들, 제 의지와 상관없이 바깥으로 밀려나야 했던 부당한 죽음의 존재를 여기로 소환한다. 눈앞에 선명하게 보이는 것들이 볼 수 없는 것들이 되어 사라질 때, 그 부당함에도 불구하고 삶 아래 잠겨 있기만 하던 것들, 여기로 포착되지 않는 바깥의 소리들이 대신 분명하게 떠오른다. 이때 우리가 발 디딘 세계란 실은 손쉽게 감각되는 것들이 아니라 "눈으로 볼 수 없고/ 팔로 껴안을 수 없는" 비명과 울음으로 가득한 것임이 밝혀진다. 그러니 분명히 존재하는데도 입을 잃어 발화될 수 없는 저 바깥의 말들로부터, 시는 말할 수밖에 없는 말이 된다. 그러나 시가 애초에 그 발화되지 못한 비명과 울음을 알 수 없는 말이라면, 그 슬픔의 주체인 타자 역시 "모르는 이름"일 뿐이라면 시는 그들의 울음을 듣는 일 이상의 무엇일 수 있을까. 가질 수 있는 것이 없어 무엇도 잃을 수 없는 자는 그 모를 수밖에 없는 타자의 고통과 슬픔 앞에서 무엇에 슬퍼할 수 있을까.

"너는 슬픈 시를 쓰는구나.

슬픔이 시가 되었으니 안 슬퍼야 할 텐데.
시가 된 슬픔은 어느 다른 나라로
잠시 여행을 간 거야.
어느 날 건강히 다시 돌아올 거란다."

답장을 보내는 대신
점점 얕아지는 강물 위에서
푸른 배의 꿈을 꾸었다

슬픔을 믿을 수는 있었지만
어떤 기도가 입술을 만드는지 알 수 없었다

먼 강변에 있는 사람에게 입술을 떼어 보냈다
입술이 얼마 남지도 않았는데
유리병은 너무 뜨거웠다

익숙하고 붉은 지옥의 형상
이 슬픈 구덩이, 내 죽음의 역작

 천국에는 정들어 떠날 수 없는 모르는 말들이 잔뜩 있
었다
                              —「일요일」 부분

"천국에는 정들어 떠날 수 없는 모르는 말들이 잔뜩 있었"
기에, 그것을 들을 수밖에 없어서 이런 시가 쓰였을 것이다.
그러나 이 시는 "모르는 말들"을 대신해 울거나 그 울음에
제가 따라 울어버리는 식으로 그 말들을 전하지 않는다. 여
기에는 "어떤 기도가 입술을 만드는지 알 수 없었다"고, 그
래서 다만 "먼 강변에 있는 사람에게 입술을 떼어 보냈다"
는 담담한 목소리가 있을 뿐이다. 이 담담함은 이 시가 주체
할 수 없이 넘치는 감정적 차원의 슬픔을 벗어나 있음을 알
려준다. 우리는 이 시에서 역시 슬픔을 발견하게 되지만, 그
것은 감정적 차원이기보다 견고한 의지의 차원에 가까운 것
이다. 그렇다면 슬픔이 어떤 의지와도 같아진 것은 무슨 일
일까. 이 시에 도착해 있는 편지는, "시가 된 슬픔"은 "어느
날 건강히 다시 돌아올" 것이라고 슬픈 시를 쓰는 화자를 위
로한다. 이 위로에는 한 사람의 슬픔이 시가 될 때 그 슬픔
은 더 먼 곳까지 가닿으며 쉽게 사라지지 않는다는 확신이
배어 있다. 그렇다면 박시하의 시에서 만나는 슬픔이 어느
순간 견고한 의지로 여겨지는 것은, 거기 슬픔이 시가 된다
면 그 슬픔은 더욱 사라지지 않을 수 있다는 믿음이 자리해
서가 아닐까. 이러한 믿음이 생겨나야 했던 것은 "언젠가 삶
은 사라지게 될 거야/ 아무것도 슬프지 않을 거야"(「구체적
으로 살고 싶어」)라고 말할 줄 아는 이에게, 무엇보다 견딜
수 없는 것은 당신의 슬픔을 보는 동안의 고통이 아니기 때
문이다. 가장 견딜 수 없는 일은 우리의 의지와는 무관하게

흐르는 시간 속에서, 언젠가는 이토록 우리를 들끓게 하고 한없이 침잠하게 만들던 고통과 슬픔마저 흡수되어버리고 마는 것임을 이 시들은 안다. 박시하의 시가 슬픔을 더 멀리로 보내어 이 슬픔이 끝날 수 없게 하려는 기도처럼 들려오는 것은 그래서이다. 여기 잠겨 있으며 우리가 모를 수밖에 없는 당신의 슬픔을 두고 할 수 있는 일은 그 "모르는 말들"을 대신해 말하는 일이 아니라 그 말들에게서 발생된 우리의 슬픔을 간직하는 일뿐이다. 그렇기에 이 시들은 이미 희미해진 슬픔을 찾아와 아직 슬퍼해야 한다고 말을 거는 슬픔, 또 슬픔의 망각을 지연시키려는 슬픔이 되기를 자청한다. 박시하의 시에서 슬픔은 가장 깊은 고통의 부위가 아니라 오히려 그 고통이 희미해지는 시간 속에서 이렇듯 견고한 모습으로 남았다. 이 슬픔이 "기억해?"(「수직」)라는 질문을 남겼기에, 잊은 줄도 모르게 잊고 지내던 울음이 다시 이곳으로 몰려든다.

'우리'에게 남은 것

박시하의 시는 이렇듯 세계의 타자성을 실감하는 속에서 간신히 말해지는 것이어서 침묵과 함께 온다. 이 시들이 그럼에도 말을 할 수밖에 없는 것은 우리가 당연하게 생각해온 세계가 무너진 자리에 그동안 발화되지 못한 죽음들의 울음이 차올라 있어서이다. 그러니 우리는 이 시들과 만날수록 이곳 삶의 자리가 실은 저 비명과 울음으로 가득한 폐허였음을 실감한다. 그러나 저 모르는 말들과 울음에서 오는 시들은 그것을 대신 발화하는 손쉬운 방식으로 존재하지 않는다. 박시하의 시는 슬픔을 믿는 슬픔을 꾹꾹 눌러담아 발생한 침묵에 가까운 목소리로, 그 슬픔이 영원히 중지될 수 없기를 청원하는 기도로 존재한다. 그렇다면 삶의 폐허에서 슬픔을 믿는다는 것은 무엇일까. 그것에 대해서라면 박시하의 시에서 '우리'가 등장하는 일에 대해 생각해야 한다.

　우린 말을 나누지는 않았다 말보다 오래가는 것들을 숨죽여 기다리며 예배당에 수레국화를 내려놓을 뿐이었다 꽃의 시신들이 예배당 가득히 놓인 그때부터 시간은 끝을 향해 가지 않았다 갑자기 예배당에서 육중한 찬송가가 울려퍼졌다 우리는 일제히 울음을 터뜨렸으나 이미 놓인 수레국화들을 어쩔 수 없었다 그 얼굴들이 너였기 때문에 나는 눈을 감으려 했다 감기지 않는 눈을 손으로 가리려 했다 누군가 내 손을 가져다 흐르는 물에 씻고 있었다 흰 예배당 벽이 헐렸다 우리의 꺾인 발목 앞으로 푸른 강물이 다가와 넘실거렸다 죽음이라는 강폭을 가진 강물, 어디론가 어디론가 끝없이 흘러갔다 멀리서 석양이 지고 금빛 햇살이 잠깐 우리의 보랏빛 고운 얼굴을 어루만졌다 우리는

느린 숨을 쉬며 아름다움 쪽으로 시들어갔다
　　　　　　　　　　　　　—「꿈—J에게」 부분

"우린 말을 나누지는 않"으며 "예배당에 수레국화를 내
려놓을 뿐"이니, 이 시가 남기는 것 역시 침묵에 가깝다. 중
요한 것은 이 침묵이 마침내 시간을 점령한다는 점이다. 이
침묵 속에서 "시간은 끝을 향해 가지 않"을 수가 있다. 어째
서일까. 그것은 이 침묵이 특정한 개별적 존재에게서 온 것
이 아니라 '우리'에 의해 이루어진 것이기 때문이다. 이때
'우리'가 이루어지는 원리는 일반적인 수순을 따르지 않는
다. '우리'라는 말은 대개 각기 다른 개별적 존재들을 몇 가
지의 동질성을 내세워 강제로 엮어내는 일을 전제로 한다.
이 말은 공통된 가치와 신념을 기반으로 하나의 중심과 진
리를 상정하는 것이어서 저절로 배제와 구분의 문법 아래
놓이기 마련이다. 그러나 이 시에서 드러나는 '우리'는 낭시
가 강조한 공동체의 모습이 그랬듯 '당신'을 아는 일이나 특
정한 동질성을 공유하는 일과는 관련이 없다. 이곳에서 '우
리'는 서로가 누구인지를 모르는 채로, 삶이 부여한 가치와
기준과 명명 들이 모두 벗겨진 채로, 다만 어느 죽음을 애도
하는 자리에 참석한 자로서 연결되는 것이다. '우리'는 "말
을 나누지는 않"으며 "예배당에 수레국화를 내려놓을 뿐"
인 이들로서, 타자의 죽음 앞에서 침묵할 수밖에 없는 자로
서 '우리'가 된다.

중요한 것은 이 침묵 속에서야 드러나는 것들이 있다는 점이다. 블랑쇼가 말했듯 타자의 죽음과 그 죽음에 섞인 울음은 '나'에게서 그동안 갖추어져 있던 것들을 모두 벗겨내고 만다. '나'는 다만 "죽음이라는 강폭을 가진 강물"에 발을 담그고 서 있는 자, 즉 죽음 앞에서 이토록 수동적일 수밖에 없는 익명적인 존재로만 남겨진다. 이때 침묵이란 죽음 앞에서 다만 익명적인 존재가 된 '나'들의 말할 수 없는 말을 품은 것과 같다. 말할 수 없는 말이란 무엇인가. 그것은 무엇보다 죽음 앞에서 살아 있음이 실감되고, 그로써 내가 수동적으로 죽어가는 자임이 더욱 실감되는 일과 관련이 있다. 또한 그것은 죽은 '너'의 고통과 슬픔을 생각하면서도 그것에 대해서 끝내 알 수 없는 타자성과 무력함의 체험과도 연관된다. '우리'는 이 말할 수 없는 말들을 품은 침묵의 주체인 것이다. 그러니 이 침묵 속에서 '나'는 단독적인 존재가 아니라 실존 그 자체로부터 이어진 '우리'로 존재하는 자임이 밝혀진다. 이 같은 '우리'의 시간은 "말로는 말할 수 없는/ 대화"(「눈물」)를 나누는 것이어서, 일상적이고 단선적인 시간으로부터 솟아오른 시간, 시간에서 떨어져나온 다른 시간일 수 있다. 그렇다면 한번 더 '우리'의 침묵을 다른 시간이게 만드는 "말로는 말할 수 없는/ 대화"란 무엇일까.

박시하의 시에서 '우리'는 어느 찬란한 자리가 아니라 "부서지는 살과 뼈"의 자리에서, 즉 진창이고 폐허인 삶 속에서 또 모든 것이 벗겨진 가장 깊고 어둡고 연약한 부위에서

드러난다. '우리'는 폐허에서 서로에게 "이제 무엇이 남았
나요?"라고 묻고, 또 거기에 "무엇이 남아 있을 거야, 아마
도"(「히로시마, 내 사랑」)라고 답을 하는 자들이다. 그렇다
면 정말로 아무것도 남은 것이 없는 자리에, 제자리에 서 있
을 힘조차 빠져나간 그 절망의 자리에 아직 남은 것이 있을
까라는 물음이 여기 남는다. 박시하의 시는 '우리'의 침묵에
담긴 말할 수 없는 대화가 바로 이 폐허에 남은 것과 같다고
이렇게 답을 한다.

뿌연 목소리로 부르는
해변의 모래 같은 후렴구가 든
검은 돌 하나

음악이 사라지는 이유에
음악이 있고
돌이 결코 사라지지 않는 이유에도
돌들이 들어 있네

완성되는 기분이야
당신에게 주어지는
하나의 돌로서
검고 둥근 밤으로서
침묵의 형태로서

그 밤, 하늘은 새파랗고
하얀 구름이 몇 번의 전생을 거치면서
가볍게 떠가고 있었어

　　　　　　　　　　　　　—「검은 돌」 부분

　세계를 사라지는 것이라고만 간신히 말하던 박시하의 시
가 이 시에서만큼은 "결코 사라지지 않는" 것에 대해 말한
다. 모든 것이 사라지는 동안에도 '검은 돌'만은 사라지지
않는다고 말을 한다. 이토록 '검은 돌'이 사라질 수 없는 것
은 그것이 "해변의 모래 같은 후렴구"로 이루어져 있어서
이다. 즉 '검은 돌'이란 "당연하고 미약"(「묘비들」)한 '우
리'의 슬픔이, 말로는 도저히 전할 수 없는 마음들이 모이
고 모여 생성된 단단한 침묵의 시간이다. 그 침묵의 시간은
우리가 말할 수 없는 것들의 말할 수 없음을, 또 타자의 죽
음과 울음을 잊지 않기 위한 견고한 슬픔을 품고 있다. 세
계의 타자성을 실감하는 속에서, 더불어 곳곳이 타자의 울
음으로 폐허인 이곳을 살아내야 하는 '우리' 각자의 슬픔들
이 나누는 대화가 여기 있는 것이다. 이때 중요한 것은 이
렇게 생성된 '검은 돌'이 "당신에게 주어지는 하나의 돌"이
라는 점이다. '검은 돌'이 품은 슬픔과 말할 수 없는 말들이
란 결국 '우리'의 슬픔이 불러내는 어떤 윤리적인 요청이기
도 한 것이다. '당신'의 슬픔을 향해 있느라 생겨난 것이어

서, 그렇게 '당신'에게 쥐어주는 것이어서 이 '검은 돌'은 결코 사라질 수 없는 것이 아닐까. 그러니 '검은 돌'이 시간을 초월한 시간일 수 있으며 우리가 그 시간 속에서라면 "아름다움 쪽으로 시들어"(「꿈—J에게」)가게 되는 것은 '우리'의 가장 나약한 슬픔이 이미 '사랑'과 함께하고 있어서라고 말할 수 있겠다. 박시하의 시에서 사랑이란 사랑받고자 하는 마음 같은 것과는 상관없이, 오지 않을 당신을 "모르는 이름"이라고 부르면서도 계속 기다리는 일과 같다. 그 기다림의 시간이 주체가 단독적으로 존재하는 것이 아니라 서로의 폐허와 슬픔을 나누며 끌어안는 '우리'를 기억하게 한다. 박시하의 시는 이 절망의 폐허에 마지막까지 남은 것이 있다고, '우리'가 '우리'의 슬픔과 사랑으로 여기 남아 있다고 침묵으로 외치는 것이다.

처음에 시인의 슬픔이 있었다. 이 한 사람의 슬픔은 머지않아 사라지는 종류였을 수 있다. 그러나 그 슬픔으로 시를 쓰고 그 시가 누군가에게 읽힐 때, 그것은 "지워지는 손가락으로/ 두 개의 사라지는 동그라미를/ 천천히 그"(「꿈—현에게」)리는 일일지라도 여기 '검은 돌'을 남겨둘 수가 있다. '나'의 슬픔 앞에서 그것이 '우리'의 슬픔이라고 불러주는 시가 있어서, 온통 사라지는 것들인 세계 속에서도 여기 사라지지 않는 것들은 생겨나는 것이다. 결국 박시하의 시를 마침내 말하게 한 확신이란 모든 것이 떠내려간다 해도 사라지지 않을, 우리의 슬픔과 사랑으로 빚어진 '검은 돌'

의 시간이 아닐까. '우리'는 이토록 "당연하고 미약"하지만 우리의 당연함과 미약함만이 그 당연함과 미약함을 넘어서는 힘이라고 확신할 때, 세계는 사라지면서도 사라지지 않는 것을 생성하는 가능성의 지대로 열린다. 지금 여기, 한 사람의 슬픔이 침묵으로 시가 되어 우리를 찾아와 흔든다. 그 견고한 침묵 속에서 사랑한다는 외침이 들려온다. 그러니 우리는 다시 우리를 믿어보아도 될까. 그랬으면 좋겠다.

박시하 서울에서 태어나 이화여자대학교에서 시각디자인을 공부했다. 2008년 『작가세계』 신인상을 통해 등단했다. 시집 『눈사람의 사회』가 있고, 산문집 『지하철 독서 여행자』 『쇼팽을 기다리는 사람』을 발간했다.

문학동네시인선 080
우리의 대화는 이런 것입니다
ⓒ 박시하 2016

1판 1쇄 2016년 1월 11일
1판 7쇄 2024년 3월 7일

지은이 | 박시하
책임편집 | 김민정
디자인 | 수류산방(樹流山房) 본문 디자인 | 유현아
저작권 | 박지영 형소진 최은진 서연주 오서영
마케팅 | 정민호 서지화 한민아 이민경 안남영 왕지경 황승현 김혜원 김하연
　　　　김예진
브랜딩 | 함유지 함근아 고보미 박민재 김희숙 박다솔 조다현 정승민 배진성
제작 | 강신은 김동욱 이순호
제작처 | 영신사

펴낸곳 | (주)문학동네
펴낸이 | 김소영
출판등록 | 1993년 10월 22일 제2003-000045호
주소 | 10881 경기도 파주시 회동길 210
전자우편 | editor@munhak.com
대표전화 | 031) 955-8888 팩스 | 031) 955-8855
문의전화 | 031) 955-3576(마케팅), 031) 955-8865(편집)
문학동네카페 | http://cafe.naver.com/mhdn
인스타그램 | @munhakdongne 트위터 | @munhakdongne
북클럽문학동네 | http://bookclubmunhak.com

ISBN 978-89-546-3915-6 03810

* 이 책의 판권은 지은이와 문학동네에 있습니다. 이 책 내용의 전부 또는 일부를 재사용
하려면 반드시 양측의 서면 동의를 받아야 합니다.
* 이 시집은 2014년 아르코창작기금을 수혜하였습니다.

잘못된 책은 구입하신 서점에서 교환해드립니다.
기타 교환 문의: 031) 955-2661, 3580

www.munhak.com

문학동네